늙어 가는 길

소통과 힐링의 시 18

늙어 가는 길

석당 윤석구 시집

소통과 힐링의 시 18

늙어 가는 길

초판 인쇄 ǀ 2020년 11월 25일
초판 2 쇄 ǀ 2022년 07월 29일

지은이 ǀ 윤석구

펴낸곳 ǀ 출판이안

펴낸이 ǀ 이인환
등　　록 ǀ 2010년 제2010-4호
편　　집 ǀ 이도경, 김민주
주　　소 ǀ 경기도 이천시 호법면 단천리 414-6
전　　화 ǀ 010-2538-8468
인　　쇄 ǀ 세종피앤피
이메일 ǀ yakyeo@hanmail.net

ISBN : 979-11-85772-82-0(03810)

「이 도서의 국립중앙도서관 출판예정도서목록(CIP)은 서지정보유통지원시스
템 홈페이지(http://seoji.nl.go.kr)와 국가자료공동목록시스템(http://www.
nl.go.kr/kolisnet)에서 이용하실 수 있습니다. (CIP제어번호: CIP2020047397)」

값 11,500원

서시

행복이라는
말보다
더 좋은 말을
찾다가
청춘을 보내고도
지금도
찾고 싶어
글을 따라 다니고 있다

1부 늙어 가는 길

2부 살아보니

3부   건망증 일기

4부 왜 시를 쓰냐고?

5부 　 나도 터트리고 싶다

1부

늙어 가는 길

기러기 연가

꽃바람 부는 봄날에
누구를 만났기에

가을바람 부는 이 밤
그리도 서글피 우느냐

무슨 사연 있기에
그렇게 서러우냐

사는 건 다 그런 거다
만남이 있으면
이별이 있고

이별이 있으면
사랑은 다시 오는 거야
사랑은 다시 오는 거야

늙어 가는 길

처음 가는 길입니다
한 번도 가본 적 없는 길입니다
무엇 하나 처음 아닌 길은 없었지만
늙어 가는 이 길은 몸과 마음도 같지 않고
방향 감각도 매우 서툴기만 합니다

가면서도 이 길이 맞는지
어리둥절할 때가 많습니다
때론 두렵고 불안한 마음에
멍하니 창밖만 바라보곤 합니다
시리도록 외로울 때도 있고
아리도록 그리울 때도 있습니다

어릴 적 처음 길은 호기심과 희망이 있었고
젊어서의 처음 길은 설렘으로 무서울 게 없었는데
처음 늙어 가는 이 길은 너무 어렵습니다

언제부터인가 지팡이가 절실하고
애틋한 친구가 될 줄은 정말 몰랐습니다
그래도 가다 보면
혹시나 가슴 뛰는 일이 없을까 하여
노욕인 줄 알면서도
두리번두리번 찾아 봅니다

앞길이 뒷길보다 짧다는 걸 알기에
한 발 한 발 더디게 걸으면서 생각합니다
아쉬워도 발자국 뒤에 새겨지는 뒷모습만은
노을처럼 아름답기를 소망하면서
황혼길을 천천히 걸어갑니다
꽃보다 곱다는 단풍처럼
해돋이 못지않은 저녁노을처럼
아름답게 아름답게 걸어가고 싶습니다

빈 의자

아름다운 빈 의자이고 싶습니다
누구라도 편하게 앉아
명상도 하고 잠시 삶을 내려놓고
쉬어갈 수 있는
편안한 빈 의자이고 싶습니다

바람도 좋고 지나가는
한 줄기 소나기도 좋습니다
살아보니
의자만큼 반가운 게 없더이다
힘들면 제일 먼저 찾는 것이
모든 걸 내어주는 그루터기 같은 빈 의자입니다

낙엽 지는 공원의 빈 의자는
외롭고 쓸쓸해 보이지만
잠시 앉아보면 비움의 아름다움이며

더할 나위 없는 인생 여백의 자리입니다
호숫가 물결이 출렁이는 공원의 빈 의자는
누군가를 기다리는 그리움이고
예쁜 커플이 행복의 웃음을 풍기는 향기입니다
노인에게는 지난한 삶의 쉼터이고
남아 있는 삶의 오아시스 같은 희망입니다

아름다운 빈 의자이고 싶습니다
봄 한철 열정을 피우고 살며시 내려앉는 꽃잎이라도
하늘 끝에서 춤추며 내려오느라 지쳤을 한겨울
함박눈 송이송이라도 오롯이
잠시 쉬어갈 수 있는
누구에게나 안락한 빈 의자이고 싶습니다

봄은 황혼도 설레게 한다

세상에 나온 말 중에서
가장 예쁜 말만 골라,
꽃밭에 꽃씨처럼 심고 싶은 봄이다

봄은 고목에도 아름다운
매화꽃을 피우게 하는
신비한 생명과 사랑을 탄생시킨다

봄은 노인에게도
벚꽃길에 쏟아지는 꽃비를 봄비처럼 맞으며
손잡고 걷고 싶게 하는 낭만적 바람을
슬며시 옷깃에 불어넣는다

봄은 꽃길도 좋지만
봄밤 스며드는 분홍빛 연정이
더 설레게 한다

손 끝에 스치는 봄바람 한 점에도
잊고 살았던 첫사랑의 기억을 떠올리게 하는
행복한 즐거움이 있고

하나하나 지워져 가던 사랑의 흔적들을
다시금 봄꽃으로 장식을 하는
희망의 꿈을 꾸게 해준다

봄은 기다린 만큼 길지는 않아도
사랑하는 사람과의
허니문 기간처럼 정말 참 좋다

이 계절이 가기 전에 설레는 가슴 안고
다시 또 사랑의 예쁜 꽃을 피우고 싶다

노인의 가을

노인에게 가을은
황홀하면서도 슬프다
단풍이 그렇고 낙엽이 그렇다

그런데도 노인은
가을이 오면 단풍보다도
먼저 물들어 버린다

봄을 기다리듯 가을도 기다린다
고운 단풍을 연인이나 되듯 기다리는 노인은
평생을 때론 조급함으로
때론 설렘으로 기다려 왔다

그 기다림은 나뭇잎이 낙엽이 되듯
삶도 그럴 텐데 말이다

여름이 뜨거우면 가을도 뜨거운지
온 산들이 붉게 물들어 가고 있다

삶의 임종 시도 반짝 한다는데
나뭇잎도 설마 그러는 걸까
참 아름답다

노인과 낙엽이 만나
동병상련의 정을 나누듯
할 이야기가 많은 것 같다

그냥 피는 꽃이 어디 있고
그냥 존경받는 삶이 어디 있느냐고

오색 약수터 절벽에 매달린
단풍이 예술이다

낙엽

가을이 만들어 주고 떠난 낙엽
그 이름만 들어도 아픈데
보고 있자니 더 아프다 노인은

가을아, 어쩌면 이렇게 버리듯 놓고 가느냐
이럴 거면 단풍으로 뜨겁게나 하지 말 거지
엄마 잃은 새끼 같아
아리도록 시리기만 하구나

누구에게 부탁은 해놓고 간 거냐
이리저리 구석으로 몰리는 낙엽을 보니
마지막 길이 한없이 두려운가 보다
오늘 아침은 애기 은행잎이
바람 앞에 노랗게 질려만 있더라

아무리 고왔던 잎들도
마지막 길은 바람 앞에 속절없구나

노인도 젊은 척해 봐도
노인을 벗어 날 수 없어 두렵다
의사 앞에만 서면
바람 앞에 선 낙엽처럼
마지막 길을 알리는 것만 같아 무섭단다

바람이 또 분다
가을이 아무리 쓸쓸하게
외롭게 아프게 하더라도
낙엽아, 우리 잊지는 말자
바람이 무슨 죄겠냐 가을 앞에 선 죄밖에
그래도 우리 또 그리워 하자

갈대꽃 머리에 이고

정말 몰랐어
바보처럼
다정한 너의 속삭임이
뭔지를

이제 알고 나니
너는 어느 세상에 있지

나는 갈대꽃
머리에 이고 강 건너에
아픔만 던지고 있어

노인은 두렵다

병원을 가도
식당을 가도
카페에 들려도
사람이 아닌 기계에게
말을 걸어야 하고

젊은 후배를 만나
커피를 사도
후배는 스마트폰과
대화하고
나는 커피잔만
보다 온다

변화하는 세상이
노인은
세월보다 더 그냥
두렵다

노인은 난로 앞에서도 춥다

노인은 들켜도 상처 받지 않는
짝사랑을 좋아 한다
그래서 자연을 사랑하고 싶어 한다
그래서 봄을 그리워하는 노인의 가슴은
노을보다 진하고
이별보다 서럽고 실연처럼 눈물 겨웁다

죽은 듯했던 나뭇가지에도
새싹이 돋아나고
얼어붙었던 대지에도
새로운 생명이 솟아오르는 봄
마른 풀잎 같이 되어 가던
노인의 심장에도
새로운 사랑이 새로운 꿈으로
봄을 사랑하고 싶어
봄을 기다리며 그리워한다

아직은 숨소리가 살아 있음을 느끼며
누군가를 지독히 사랑하고 싶은
노인의 길고 긴 겨울밤의 고백이다
몇 번이나 봄을 맞이할 수 있을까
불안한 마음도 있지만
그보다 몸이 먼저 여기저기
구석구석에서 불어 대는
외로운 찬바람에
견디기 어렵고 힘들어
더욱 애절하고 간절하다

노인도 꿈은 늙지 않는다

노인은 두 개의 꿈을 가지고 살아간다
하나는 지난 날 아름다웠던
기억의 나라를 간직하는 꿈이고
또 하나는 비록 시간은 부족할지라도
나이를 잊고
지금까지 그래왔던 것처럼
가슴 설레는 희망의 꿈을 안고 살아간다

어린시절 짝꿍에게 잘 보이려고
애쓰던 모습이 떠올라
씁쓸할 것 같지만 금방 아련한
그리움으로 입가에 미소를 머금게 하는
천진난만한 꿈도 있고
사춘기에 짝사랑하던 이의 교복 옷자락만 보여도
가슴이 쿵쾅거렸던
기억들은 노인의 꿈에서도 힘차게 뛴다

노인은 지혜로움을 안다
여행을 계획하고 꿈꾸고
사랑을 꿈꿔도 시비할 사람을 만들지 않는다
멈추지 않는 가슴 설레는 꿈으로
노인의 삶을 즐길 줄 안다
그렇다
노인도 꿈은 외롭지 않다

노인은 두 개의 꿈을 가지고 살아간다
노인도 꿈은 아름답다
노인도 꿈은 영원히 늙지 않는다

노인의 하루

노인이 느끼는 시간은 가을비만큼 오락가락이다
때로는 하루가 일 년 같고 일 년이 하루 같고
더러는 낮보다 저녁이 더 길고
계절보다 일 년이 더 짧다
살아온 날보다 살아갈 날이 훨씬 짧은데도
왜 그토록 날마다
하루의 시간과 힘겨운 다툼을 하는지 모르겠다
노인은 사람보다 당장 앞에 보이는 모든 것들과
친구가 되려고 노력해야 외롭지 않다는데
갈수록 눈앞에 보이는 것마저 희미해져 가니
순간순간 당황할 때가 많다

그대들 늙어 보았는가 젊은이들이여
외로이 늙어 하루를 오락가락하지 않으려면
노인들과 어울리는 연습 좀 해 주구려
깊은 밤일수록 별이 아름다운 것은

외로운 사람들과 어울리는 청춘의 선물로 생각하구려
귀뚜라미가 밤에만 울어 주는 것도
오락가락 하루를 위로하는 자연의 선물로 여겨주구려
노인의 하루하루는 지루하게 반복되는 시간이 아니라
순간순간 사라져 가는
아름다운 노을 같은 시간이라 생각하구려

그대들 노을에 물들어 보았는가 젊은이들이여
외로이 늙어 하루를 오락가락하지 않으려면
황혼에 물든 노인들과 어울리는 연습 좀 해주구려

노인도 사랑은 노인이 아니다

누가 노인의 사랑을 늙었다 할 수 있는가
사랑은 나이가 아니라 그 영혼일진데
노인도 사랑의 열정은 여름 태양처럼 뜨겁다오

손자 손녀를 처음 만나게 되는 노인들을 보시라오
첫사랑이 다시 돌아온 듯
흠뻑 빠져 헤어나지 못하고 사랑의 열병을 앓는 것을 보면
겉으로 풍기는 짙은 향기의 봄꽃보다
안으로 향기 머금은 가을 단풍이
더 뜨거운 것처럼
노인의 사랑도 그렇게
진한 향기 머금은 단풍을 닮아 간다오

사랑 때문에 슬퍼하고 절망도 하지만
사랑은 어느 사랑이든 살아갈 이유와 희망을 줍니다
꽃의 향기는 지니고 태어나는 거지만
사랑의 향기는 살아가면서

스스로 만들어가는 삶의 예술이더이다

누가 노인의 사랑을 늙었다 할 수 있는가
누가 안으로 향기 진하게 머금은
노인의 사랑을 늙었다 할 수 있겠는가

사랑 지울 수 없어 아프다

노인이 되면 사라지는 줄 알았다
그런데 이를 어찌해야 할까
치매 예방 연습이라 하여
사랑이라는 글자를 쓰고 쓰고
지우고 지우고 해봤는데
가슴에 새겨진 글자는 지워지지 않는다
사랑,
노인이 되어도
지울 수 없어 아프다

기억력이 좋은 것도 아닌데
지우지 못하고 잊지 못한 사랑
그 아픔의 끝은 어디일까
슬픔의 온도는
또 얼마나 올라 갈까

노인은

노인은 바람 앞에
낙엽 아닌 게 없다

감기도 미세먼지도
아슬아슬인데
코로나 경고에
호흡이 경각이다

시도 때도 없이
엄습해 오는
노인병도 아슬아슬인데
모양도 없는
바이러스라니

노인은 바람 앞에
낙엽 아닌 게 없다

노인의 추억

노인의 추억은 절절하고 간절한 그리움에 물들어 있다
다시 돌아갈 수 없다는 것을 알면서 늙어왔고
결코 다시 돌아갈 수 없다는 것을 새기면서도
노년의 추억은 저절로 물들 날이 많기에 더욱 그렇다

노인의 추억은 오래 묵은 유년의 추억일수록 더욱 빛이 난다
초등학교 시절 교실 뒤편에 펼쳐진 보리밭의 보리가 익어갈 때
선생님이 들려주던 풍금 소리
계곡에서 가재 잡고 개울가에서 물놀이하던 친구들
생각만 해도 단숨에 달려가고픈 그리움이기에 그렇다

사랑하는 사람과 첫눈을 맞았을 때의 설레임이
노년에도 기억 속에서는 가슴을 뛰게 하고
별빛이 쏟아지는 여름밤에 닿을 듯 닿을 듯하던
그의 손길이 늙어서도 마음만은 사랑으로 불타게 한다
가을 바람에 단풍이 물들면 노인의 추억은 노을이 되어
가슴을 여리게 물들여 준다

행복을 누리는 노년은 좋은 추억을 가진 노인이다
추억은 만든다고 되는 것이 아니라
살아가면서 저절로 만들어지는 것이라
좋은 삶을 살아야 좋은 추억이 더욱 많이 만들어지기에
좋은 추억을 가진 노인은 행복을 누리는 노년이다

살아온 삶 중에서 좋은 것만 골라 반추할 수 있다면
더욱 빛나는 보석으로 다져질 수 있기에
추억도 노후자금처럼 아름다움을 자꾸만 저축해야 한다
아름다운 추억을 저축하지 못하면
늙어서 몸과 마음이 가난한 추억의 노숙자가 된다

노인의 추억은 절절하고 간절한 그리움에 물들어 있다
결코 다시는 돌아갈 수 없다는 것을 알면서도
노년의 행복은 추억으로 물들 수밖에 없기에 더욱 그렇다

노인이 특권은 아니다

노인이여 갈대의 노년을 잠시라도 보시라
갈대꽃의 아름답게 보이는 꽃만 보지 말고
바람에 순응하는 자연의 섭리와 순리를 보시라

노인이 되는 것은
삶의 한 과정이며 순서이지
특권의 자리가 아니더이다

노년을 훈장처럼 생각하고 특권을 누리려는 이들이 있어
주위를 힘들게 하고 젊은이들을 어렵게 하더이다
그래서인지 노인이 지켜야 할 수칙을
여러 문구로 여러 곳에서 강조하는 것을 보면
매우 씁쓸하고 서글퍼지더이다

노인은 노인다워야 대우를 받더이다
권위를 찾으려고 할수록 사람들이 떠나더이다
지난 날 전성기를 생각하며

그때로 돌아가고 싶어 안달하지 말고
아이들을 사랑하고 동심으로 돌아가시라
그곳이 바로 동화나라이고 낙원이더이다
노인이여 단풍 중에서 가장 예쁜 색을 닮고 싶고
노을 중에서 가장 아름다운 빛이 되고 싶으면
삶도 자연이니 노욕을 버리고 자연의 이치에 순응하시라

노인이여 갈대의 노년을 잠시라도 보시라
갈대꽃이 아름답게 보이는 꽃만 보지 말고
바람에 순응하는 자연의 섭리와 순리를 보시라
노년의 행복은 특권이 아니라 인품이더이다

노인은 그림자도 흐리다

노인은 그림자도 흐리다
계절을 지나온 햇살이 겨울 뜰에 머문 것처럼
찬 바람 불수록 더욱 담백한 향기 풍기는
노인은 그림자도 흐리다

노인은 참 먼 거리를 걸어 왔다
그래서인지
노인들은 쉬고 싶어 그늘을 찾고 의자를 찾는다
그림자도 앉으면 일어나려 하지 않는다
노인은 다리도 아프고 허리도 아픈데
노인의 그림자도 노인을 닮아 똑같이 아픈가 보다
등 굽은 허리 모양도 꼭 노인을 닮아 버렸다
지팡이 든 그림자도 꼭 노인을 닮아 버렸다

말에도 지문이 남는다지만
노인의 그림자에는 지문도 남지 않는다
어쩌다 해외여행 한번 하려면

지문 확인하는 공항에서 애를 먹는다
대신 노인의 그림자에는 담백한 향기가 난다

젊은이들이여 미래의 노인들이여
화려한 사진보다
담백한 수채화의 향기가 진한 이유를 아는가
노인의 그림자는 수채화를 닮아서
지나온 긴 여정의 한 모퉁이에서 쉬고 있는
노인의 그림자는 야리고 애잔해 보이지만
그 담백한 향기만큼은 더욱 진하다

젊은이들이여 미래의 노인들이여
노인의 그림자를 함부로 밟지 말아 주오
노인은 그림자도 흐리다오

노인의 불면증

노인의 불면증은
어쩌면
그간 못다한 여가를
즐기라고 준 선물일지도 모른다

살아서 잔 잠보다
언젠가는
영원히 잠만
자야 하는 시간이
다가오는데
왜 하루하루 밤마다
불면증과
겨루기를 하고 있을까

한 개의 흰 알약에
의지해
잠시 이겨본들

겨우 하루뿐인데도
반복할 이유가 있을까

그래서 나는
차라리
사랑하기로 했다

무드 있는 음악도 찾고
안기고 싶은
그림도 찾아보고
첫사랑과
짝사랑까지 초대하고 싶어
연시를 찾아 읽는다

노인의 발자국

오늘도 거리는 발자국으로 분주합니다
낮이나 밤이나 신호등도 쉴 새가 없습니다
세월의 나이도 함께 섞여 열심히 걷고 있습니다

그때는 왜 몰랐을까요?
흔들리는 노인의 발자국을
앞서 걸어간 노인의 발자국에
외로움이 쌓이는 것을
슬픔이 흐르는 것을 왜 몰랐을까요?

눈이 밝아져 보이는 것도 아니고
귀가 맑아져 들리는 것도 아닌데
지금은 웬일인지 그림자처럼 따라오는
바람 앞에 흔들리는 낙엽 같은 소리가
파동을 일으키며 가슴을 두드립니다

어릴 때 발자국은 방울 같은 소리였고
젊어서 발자국은 말굽 같은 소리였는데

지금은 아무리 귀를 열어도 알 수가 없습니다
분명히 소리는 들리는데
무엇을 닮은 소리인지 알 수가 없습니다

아, 별도 사라진 칠흑 같은 이 밤에
나도 어느 새 그 발자국을 밟고 있습니다
아슬아슬 조마조마 알 수 없이
흔들리는 그 발자국을 새기고 있습니다

오늘도 거리는 발자국으로 분주합니다
낮이나 밤이나 신호등도 쉴 새가 없습니다
세월의 나이도 함께 섞여 열심히 걷고 있습니다

나이가 들어가도

가을엔 떠나고 싶어요
누구라도 만나 떠나고 싶어요
단풍잎 곱게 물드는 모습
함께 바라 볼 수 있는
그런 사람과 같이 떠나고 싶어요

가을에 떠나고 싶어요
그대로 멀리 멀리 떠나고 싶어요
갈대꽃 흩날리어
강물에 흐르듯
멀리 멀리 흐르고 싶어요

가을엔 떠나고 싶어요
쓸쓸함이 싫어서 떠나고 싶어요
누군가 기다릴 듯한
아름다움을 만날 것 같아 떠나고 싶어요

2부

살아 보니

이거 주책일까요?

원, 참
별일이야
여기저기 아파
종합병원
소리
들으면서

왜 이럴까?
누군가
만나
설레임이
다시
뛸 수 있을까 하여
안달을 하니

약속

증거라고
끼워준
네 잎 클로버
그 약속의 꽃반지
지금도
내 손가락은
그때를 기억하고 있어
근데
너는 지금
어디 있는 거야

사랑 지울 수 없어 아플 때는

사랑 지울 수 없어 아플 때는
가장 슬픈 노래를 찾아 듣는다

손주가 입에 넣어 준
알사탕보다
달고 달기만 하다

살아 보니

아름다운
꽃도
홀로
피어 있으면
외롭더라

살아보니2

꽃의 향기는
지니고
태어나지만
삶의 향기는
살아가며
만들어지는 거더라

살아보니3

미세먼지보다
무서운 게
코로나인 줄 알았는데
더 두려운 것이
있더라
시도 때도 없이
엄습해 오는
노인병이더라
노인은 감기도 공포다
살아보니
어떻게 이겨 낼 건가 보다
어떻게 생각하며
살아가느냐가
더 문제더라

살아보니4

내 삶은
반복되는 사계절이었다

봄을 희망했지만
겨울도 어김없이
찾아왔다

벚꽃도 좋고
단풍도 아름다웠지만
이젠 사람이
더 그리워진다

가슴은 점점
눈발로 적시어 가고
눈앞도 점점
저녁 안개로 자욱하다

살아보니5

하늘도 보고
땅도 보고
꽃도 보고
여기저기 찾아봤지만
가장 소중한 것은
아침에
일어날 때마다
항상 옆에 있는
사람보다
더한 게 없더라

살아보니6

그토록 우러르던
직함도
뜨거운 혈투로
쟁취한 명함도
지나고 나니
봄날
벚꽃처럼
후르륵 지더라

살아보니7

필요한 용품은
닮은 곳에 있더라
노인한테 필요한 것은
노인 닮은 곳에 있더라
백화점도 아니고
지하상가도
아닌
동네 골목길
오래된
인심 후한
구멍가게에 있더라

살아보니8

요즘 노인들
전철 안에 자리잡기는
하늘의 별 따기란다
다행히
건강학에서
걸으면 오래 살고
앉아만 있으면
일찍 죽는다 하니
손잡이 잡고
제 자리 걸음으로
오래 살란다

살아보니9

프랑스
이탈리아
중국 식당
이 맛 저 맛
다 보았지만
어릴 적
엄마가 해주던
된장찌개 맛보다
더 좋은 것은 없더라

살아보니10

고급식당
비싼 음식만이
좋은 줄
알았는데
그게 아닌 것처럼
이야기가
고파서 찾는 사람도
그렇더라

살아보니11

피자 한 쪽은
먹을 줄도 알아야
아이들과
어울릴 줄
아는 것처럼

아이들이
좋아하는 것을
이뻐할 줄 알아야
사랑이라는 것을
알게 되더라

살아보니12

단풍이 만발하면
가을산에
산불이 난 줄
알고
가을비가
달려오더라
그래서
나는
우비를 지니고 간다

살아보니13

세상이 좋다 보니
잘난 척하는 사람들도
우굴우굴하더라

또 시비할 사람이
생길 줄 안다
시란
어쩌고 저쩌고

그러거나 말거나
햇빛이 좋다

봄바람이나
만나러
나가야겠다

살아보니14

이제라도 못한 말
하고 싶어 하니
아내가 막는다

당신은 흥이 날지 모르나
다른 사람에겐 소음이
될 수 있다고

아차, 그렇구나
하고 싶은 말보다
아내 말 잘 들어야
아침밥이
맛나지 않았던가

이별은

아픔보다
기억이
너무 길더라

그렁그렁
눈썹에 매달린 건
아픔이고

기억은
보이지 않는
그대 얼굴로
깊고 길더라

그러거나 말거나

겨울
장작불 쪼이면
살찐다고 했는데

여름
초록바람도
그럴까?

그러거나
말거나
바람이 참 좋다

파도

너를 보니
멎을 것만 같던 심장이
다시 뛴다

난 할 수 있어
외치는
함성을 듣는다

아,
네게서
또 다른 생명의
불꽃을 본다

3부

건망증 일기

거기
— 건망증 일기1

그거
어딨어요?
거기

거기를
알면
뭣하러
물어 봐요

우리는
하룻밤 자고 나면
또 물어본다

거기 2
— 건망증 일기2

그거 어딨어?
거기
거어기

노인들이
생각이 안 날 때
잘 쓰는 단골메뉴

아, 참!
거기
저기 또 있네

말은 틀려도
— 건망증 일기3

고구마를

감자라고 해도

알고

큰애 얘기하며

막내 이름을

불러도

우린 서로 안다

부부로 오래 살다 보니

그렇게 되더라

서로

고치려 들면

남는 건

다툼밖에는 없더라

아, 그렇지

여보,
거기
물 좀 갖다 줘

참내
자기는
손이 없어

아, 그렇지?
손이 어디 있나
찾아볼게 미안해

만만하냐?

한밤중
구둣발에 채인
깡통이
중얼거린다
술은
입으로 먹고
왜,
발길질이야?

아내가 집을 비운 날

어쩌다 하루
아내가 집을 비우면
나도 해방이다
아침밥 챙길 일 생각하면
걱정도 되지만
햇반이 나온 뒤론 그것도 안심이다
아마 아내도
내가 출장을 가면 그랬을 것이다
간섭은
서로 관심인데
잔소리로 생각되고
무관심하면 정이 없는 것 같아
서운한 건데
아닌 척 모른 척한다

밥투정

뭐 먹을래?
안 먹고 싶어
그럼
그냥 굶을래?
아니 기다리는 중이야

뭘?

먹고 싶은 것

양산을 쓰는 남자

눈이
보배라고 했던가
남녀 겸용 양산에
팍 꽂혔다

아무리 양성평등이라 해도
바지 대신
바람 잘 통하는
짧은 치마
입을 수 없지 않은가

눈이 보배라고 얼마나
반가운 일인가
이제 여름 나들이가 든든하다
나는 오늘도
폭염주의보를 뚫고
약속 장소를 향해
당당히 양산 쓰고 간다

그럴 줄 알았다

장미꽃
앞에서 핀
호박꽃이 화가 났다
아낌없이 주는
내 마음은
왜 몰라주냐며

풋사랑

꽃반지 그거
누구한테
받았어?

왜, 알고 싶어?
그건
절대 비밀

짝사랑 3

유통기한이
없어
좋다
나이 80이 되어도
할 수 있어

그래서 아름답다

하늘에는
별
땅위에는
꽃
나에게는

네가 있어서

늙음이 뭐길래

오랜만에
안부를 물어서
하루는 놀고
하루는 쉬고
또 하루는
이 생각 저 생각
시간 사냥을 하네
했더니
자네는 그런 일이라도 있으니
행복할 줄 알게
치매는
숨만 쉬는 거네
부러워 하더라

오솔길

급한
사람은 모른다
느린
사람이
걸어다니는
아름다운
길

넝쿨 장미

울 밖으로
넘어 간
장미의 연심에
행인의 얼굴도
금방
붉어지더라

꽃게

주인이
모를 줄 알고
꽃게 한 마리가
옆걸음으로
도망친다
어쭈
그렇게 속인다고
모를 줄 아냐
너만 힘들어

바람의 언덕

지나는 바람이
앉았다
간다는
언덕이라 하여
바라보니
한 번에
카메라에 담기를
허락을 않는다
마음에라도 담고 싶어
앉아보려 했더니
바람이 언제 왔냐고
등을 떠밀어 버린다

외사랑

넝쿨장미는
뜨거운 눈빛으로
행인만
바라보는데
꼭 붙들고 있는
저 담장은
뭐야

나는 언제나 봄이고 싶다

봄 여름 가을 겨울은
자연에만 있는 게 아니라
마음에도 있다

여름에도 겨울인
사람이 있고
봄에도 가을인
사람이 있다

다 아름다운 삶이다
하지만 나는
항상 봄이고 싶다
새싹을 퍼트리는
사람이고 있다

파도야

나도 너처럼
심장이
뛰고 싶다

감당할 수 없는
사랑의 언어를
너처럼
마냥
풀어 놓고 싶다

시가 흐르는 골목에서

노을처럼 빛난다
지나가던
할머니
더듬 더듬
시를 읽어가는
뒷모습이

주차장 같았던
골목길
예쁜 화분이 반기며
꽃처럼 환한
시어들이 날마다
새록새록

4부

왜 시를 쓰냐고?

왜 시를 쓰냐고?

하고 싶은 것이
많았다
어릴 적에

그때 그 소년이
아직도
내 안에
놀고 있다

어느 노시인의 고백

백 사람에게 한 번 읽히는 시보다
한 사람이
백 번을 읽어줄 시 한 편
쓰고 싶다는 어느 노시인의 고백은
어느 낭송시보다 더 그윽한 향기였다

세월에 삭은 곤한 몸짓에
글자도 흔들렸고
음성도 뒤뚱거렸지만
천둥 같은 큰 울림
해일 같은 바다를 펼쳐 놓았다

자기야

열병 났어
나
사랑한다는
말속에
내 마음
다 담지 못해

얼마나 뜨거워야

얼마만큼 내가 더 뜨거워야
그대 그 고운 마음 열 수 있을까

그해 여름은 뜨거웠다
짧은 한마디 고백을 안고
펄펄 끓기만 했다
소리친다고 뭐라 할 사람도
없는데 그랬다

얼마나 뜨거워야 그대 문이 열릴까
폭풍에 날려 간
나뭇가지 줍듯 아픈 사랑아
태워도 태워도 끝이 없는 사랑아

얼마나 내가 더 뜨거워야
그대 그 고운 창문이 열릴까
이대로 세상이 끝난다 해도
떠날 수 없는 사랑아

얼마나 내가 더 뜨거워야
그대 창문이 열릴까

봄은 그냥 가지 않는다

마지막 봄을
장식해 주는 장미의
아름다움이 절정이다

봄은
기다리는 일 년이 너무 길고
함께 하는 시간이
너무 짧다

하여 우리는
기다림을
즐길 줄 알아야 한다

봄은 그냥 가지 않는다

여름밤의 추억

어린시절 고향집 마당가
밀대 방석에
쏟아지는 별빛은

할머니의 부채 바람
솔솔솔 잠을 불러오고
실개천 물소리
자장가로 흘렀지
밤은 깊어

서쪽 하늘가
별 하나 껌벅이면
오동잎에 떨어지는 별빛이
이슬로 맺히고

눈뜨면 사라질까
지금도 그 시절
그리워 눈 감고 있네

잃어버린 고백

사랑하고 싶다는
말을 하고 싶었습니다
그래서
무너지고 싶다고
외치고 싶은
순간 순간이 있었습니다
노을이 황홀하게
서해를 품고 있듯
그대 눈빛 속에 취하고 싶어
마냥 소리치고 싶었습니다
그것은
충동이 아닌
그대를 향한 열정이었습니다
그냥
그대와 가까이 있고만 싶어
그랬습니다

노을은 서산을 넘어
어둠 속에 사라졌지만
가슴은
더 붉게 붉게
타오르기만 하였습니다
연기도 없이
솟아오르는 열기에
화석이 된 언어를
그대 창가에
샛별처럼 걸어 놓았습니다
그대를 향한 무너짐은
무너짐이 아니라
행복임을 알았습니다
오,
그대여 그대여!

두 사람은 사랑으로

이제 두 사람은
가을 향기 아름다운 하늘 아래에서
사랑으로 하나가 되어 손을 마주잡고
평생 서로를 위해 살자고
부모님과 일가 친지들 앞에
오늘 언약을 하고 있습니다
두 사람의 행복한 모습이
참 아름답습니다
이 모습이 먼 훗날 노년의 모습으로까지
부부의 사랑이 얼마나 숭고하고 행복한지를
겸손히 보여주는 그런 삶으로
변함없는 다정한 부부가 되소서
두 손 마주잡고 별을 바라보며
사랑을 속삭이던 그때처럼
사랑한단 말 잊지 말고

영원히 행복하소서
때론 어렵고 힘들지라도
주고받는 사랑의 향기로 극복하소서
사랑으로 이루지 못할 것이 있으리
사랑으로 견디지 못할 것이 있으리
서로가 서로에게 힘이 되어 주는 동반자로
하나가 되는 사랑이 되소서
두 사람의 마주잡은 손 놓지 말고
영원히 영원히 행복하소서

그리움 찾아간 별밤

별과 바람도 머물다 가는
고요히 돌아 앉은
홍천 강변의 별밤
해바라기가 있는
삐뚤한 창가에
별빛 하나가 쏟아 진다
그리움에 젖은 눈빛처럼
풀잎에 내리는
밤이슬마저도 아리하다
그때는 몰랐던
속삭임 같은 언어들이
오늘 따라
더 뜨겁게 솟아 오른다
물안개 속에
곤히 잠든 새벽까지
별바라기 하는
짚시 같은 가슴에
들국화 한 송이 피어 오른다

들꽃의 삶

아무 데라도
터를 탓하지 않고
누구나
반갑게 반기는
고운 모습은
어쩜
울누나 닮았나
그립다

유년의 봄

두엄[*] 지게 무겁게 지고 가던
아버지 따라 나선 봄날 아침

흐르는 땀 씻으며 바라본
앞산 진달래는
연분홍으로 곱고

징검다리 건너가는
나무꾼의 밀짚모자에
진달래 한 송이가 꽂혀 있다

산다랭이 논 언덕배기에는
냉이꽃이 한들한들
동구 밖 밭머리의 아지랑이
아롱다롱

아낙들이 담고 있는 봄내음에는
쑥과 씀바귀
한 소쿠리씩 담겨져 있었지
된장 쑥국 끓여놓고
아버지를 기다리던 어머니 가슴에는
어떤 봄이 피어났을까

그 때 그 봄을 생각하면
언제나 먹먹해 지는
내 유년의 봄

* 두엄 (거름의 충청도 사투리)

누가 더 아플까

아이가
장미가 이쁘다고
덥석 잡았다
장미는 꽃잎이
떨어지고
아이는
가시에 찔려
피가 난다

남한강변에서

벙벙하게 갇힌 듯
잔잔히 출렁이는 물살이
어느 쪽으로 흐르는지
분간 못할 강변에서
하루 휴가를 얻어 본 시간은
시간을 휴가 보낸 안식이었다
강을 내려다 보는
앞산의 침묵
그건 침묵이 아니라
사색으로 전하는 은어였고
잔잔한 물결 파동은
서로가 주고받는 속삭임이었다

뒷산 그림자에
잔뜩 샘이 난 앞산 점점
강가에 내려와 어느 새
물살을 꼬오옥 품고 있다

지우지 못하는 편지

아주아주 오래 전에 써둔 편지입니다
언젠가는 만날 것 같은
그리운 사람 생기는 날
그때 보내려고 써둔 편지입니다

아직도 보내지 못한 편지는
책갈피 속에 예쁜 단풍잎처럼
지금도 곱게 빛이 납니다

그때가 꽃 피는 시절이었나 봅니다
첫사랑도 짝사랑도 아닌 감정이
세월이 하도 많이 흘러
버려진 줄 알았더니
지금도 잊히지 않고 수시로 고개를 내밉니다

먼 고향집 시골 뒷동산에 봄밤이 오면
소쩍새 울음소리에 베갯잇을 적시고

별이 쏟아지는 여름밤에는 어딘가에 있을 그리움을 찾아
별을 헤아리다 잠이 들곤 했습니다
가을에는 단풍잎과 함께 물들어 가는 속삭임의 언어들
겨울에는 장독대에 내리는 함박눈으로 순박함을 소복소복
쌓아 두려 했던 정성들이 연심으로 끓어올라
썼다 지우고 지웠다 또다시 써내려 갔던 사연들이
지금도 마음 한 켠에 홍시처럼 주렁주렁
받아줄 사람은 어디에서 무엇을 하고 있을까요

아직도 아직도 안개속처럼 희미하기만 한데
보내고 싶은 마음은
왜 멈출 줄을 모르는지 알 수가 없습니다
오늘 저녁 노을은 유난히도 붉게 서산을 태웁니다
서산 너머 아직도 보낼 곳 정하지 못한 사연
붉게 붉게 태우고 있습니다

단풍 구경

곱게 물들어 간
단풍에 반해
감상을 하려는데
갑자기
어느 할머니가
뛰어 들어

나 어때 하며
사진을 찍어 댄다
쉽게 끊날 것 같지 않는데
단풍처럼
곱다고 하며
기념으로 사진 한 장
부탁할까

산청골의 홍시

세상에
공짜맛이 제일
좋다더니
그 말이 맞더라
산청골 홍시는 먼저 보는 사람이
주인이란다
근데 아침에 따온 홍시는
공짜 중에서도
가장 맛있는
공짜 홍시더라

고향으로 달리는 여름 이야기

갓 따온 오이의 상큼한 냄새처럼
고향의 이야기가 산뜻한 향기로 다가온다

할아버지가 꼬아서 만들어 준 노끈은
오이처럼 잘 자라라고 달아 주었던 소품

칼질하듯 자를 때 풍겼던 그 냄새
할아버지 사랑으로 노란 꽃술에 앉는다

긴 장마비에 징검다리 비틀거리고
송아지 꼴짐 위에 들꽃 몇 송이가 피어 있었다

저녁노을은 골짜기 옹달샘에 붉게 물들고
서산 너머 너머까지 붉게 붉게 물들였다

할머니가 피우던 모깃불 쑥연기 매캐했는데
지금은 향기로 매달리는 여름밤 고향엔

할아버지도 없고 할머니도 없다
내 가슴에 쓰고 있는 여름 이야기뿐이다

바다는 파도로 말을 하나 봐

파도도
내 마음 같은가 봐
따스한 아침 햇살에는
은빛 언어로 이야기하고
아름다운 저녁노을에는
울렁울렁 넘실넘실
감동으로 답하고
어쩌다 화가 나면
바위 앞에서
더 크게 고함을 질러가며
화는 이렇게 털어내고
아무 일 없었던 듯이
살아가자고
위로를 해줘요

넝쿨장미가 담장을 넘는다

서로 먼저
나 좀 봐 달라고
난리다

그대로가 다 예쁜데
먼저 넘는다고
홀로만
예쁜 게 아닌데

행인은
좋기만 하다
똑같이 다 예뻐서

5부

나도 터트리고 싶다

모르겠다

어느 것이
더 오래

찡하게
남는 걸까

첫사랑?
짝사랑?

꽃구경

한창이라 하길래
서둘러 갔더니
꽃은
건성 보이고
스치는 여인의
옷차림만
화사하게 눈에 띄더라

고백 하나

얼마 전에
아는 여자한테
그냥 안부로

카톡을 보냈는데
답이 없다
사정으로 늦을 수도 있으련만
초조함이 이만 저만 아니다

만나자는
말도 아니었는데
왜,
왜,
이러나?

벚꽃을 보며

터트리고 싶다
이제는

나도
너처럼
남김없이

목련꽃

딱 보는 순간
왜, 처녀
가슴봉오리로 보였을까
내 눈이 불량해서
그랬을까

아니다
표현이 서툴러
그렇다
공부 좀 해야겠다

시골다방

무슨 차를 주문할까
차림표를 훑어보니
열한 가지나 적혀 있다
왔다 갔다 하는 아줌마 한 명이
손님인지 도우미인지 헷갈리게 한다
촌로 두 사람 옆에
아줌마 한 사람 웃음이 간사스럽다
뽕짝 한 곡 흘러나올 것 같은데
낡은 스피커는 먹통이다
사은품 컵에
냉수 한 잔 들고 온 그 아줌마가
커피나 한 잔 사달란다
모른 체할 수 없어 그러라 했더니
커피만 홀짝 마시고
다른 남자 옆으로 가버린다

(어 허)
커피 한 잔 도둑맞았다

등산길에서

큰일 났다

산이 좋아
산에 왔는데

보이는 건
하나뿐이다

빨간
등산모
하나뿐이다

기분 좋은 날

시외버스 탔는데
옆자리에
인상 고운
여인이 와서
앉은 날

택시를 기다리는데
뒷줄보다
앞줄이 짧은 날

장마철 우산도
못 챙겼는데
날씨도 내 편인양
마냥
좋은 날

들꽃

얼마나
보고 싶으면

저리도
곱게

아무데서나
기다리고 있을까

단풍 나들이

옷차림도
단풍도
서로 고와서
누가
더 고운지
알 수 없으니
돋보기
만든 이의
마음을 알 듯하구나

지리산 단풍

코로나가
계곡도
위협을 했는 걸까
단풍도
거리두기를
하는지
마스크를 쓴 듯
반쯤만 보이는구나
그래
내년에나
다시 보재이

지심도 동백꽃

얼마나 외로이
기다렸기에
그렇게도 붉게 타올랐느냐
출렁이는 파도
파도뿐인 저 수평선을 향해
그리움이 얼마나
뜨거웠으면 그리도
붉게 붉게 타올랐을까

아, 바람도 무심히 지나는
저 동백섬 끝자락
사라져 가는
갈매기 소리마저도 아리게 들리는구나
누가 너에게
무슨 말을 할 수 있으랴
사랑과 그리움은
그렇게 뜨거운 거라고….

백담사 늦가을

계곡 바람에
툭 하고
떨어지는 낙엽
하나
던지는 말
좋은 만남은
때가 있는 거라고

겨울 노목(老木)

설봉산 계곡
굴참나무 노목 한 그루
겨울을 견뎌온 묵묵함에
가린 것 하나 없어도
어린 나무들
고개를 조아린다

하산하던 중년 아낙
어린아이 손잡고
할아버지 지나가게
길을 비키자고 한다

모자 달린 등산복에
마스크도 했는데
용케도 알아 본다
굴참나무 노목 한 그루
어여 가라
따뜻한 미소 짓는다

울릉도

처음으로
신청한
섬여행
출발하려면
아직도 멀었는데
벌써
잠을 설친다
처음은
언제까지 이것을
겪어야 하나

밤손님

인기척도
없는데
강아지가
짖어댄다
아,
개집 안에
달빛이 들어와 있네

말화살

너는 왜
맨날 맨날
그러니
뭐가?

모르면 그만 둬!

시인들에게 고함

당나라 시인 백낙천은 시를 지으면
자기 집에서 심부름하는
노파에게 읽어주고
어려워서 모르겠다고 하면
쉽고 재미있다고 할 때까지
고치고 다듬고
퇴고하는 노력을 아끼지 않았다 한다

문인이라는 이름으로 격 있는 체하는 사람을 만나면
길을 가다가 딱 인분을 밟은 기분이다
문학이 도대체 뭔가
사람 사는 이야기 아닌가

시구 한두 군데쯤 뜻을 숨겨 놓고
독자가 금방 알아보지 못해야

우수한 작품인가
보물찾기 게임은 아닐 텐데

병원에 가면 환자가 차고 넘치듯
시동인회에 들어보면 시인이 차고 넘쳐
서점 한편으로 밀려난 시집코너에
시들이 애처롭기만 하더라

노인이 되어 보시라
시인이 되기 전에 심성 공부가 먼저였구나
깨닫게 되더라
기교보다는 진심이 우선인 걸 알겠더라

동심의 길

동심은 우리들의 아름다운 고향이며
동심의 길은 미래를 향한 우리들 희망의 길입니다
혼자 걸어도 좋고 함께 걸으면
더 즐거운 길 희망이 넘치는 동심의 길
동요할아버지가 꿈꾸는 아름다움 세상을 위한
벽돌이 하나하나 놓이기 시작하였습니다
어린이를 위한 동심의 길이 펼쳐지고 있습니다

세상의 미세한 점 하나까지 품은 작은 연못 둘레길
이름하여 이천의 명승지 안흥지에는
천지의 비밀방이 열리는 세상에서
가장 예쁜 말만 모여 크고 작은 꽃바구니에 담겨
과거 현재 미래를 도란도란 이야기하고
오선지에서는 동요가 날개를 달고 신나게 그네를 탑니다

밤에는 슬그머니 별들이 내려와 놀고
낮에는 지나는 바람도 구름도 쉬었다 가는

아름다운 길은 봄볕의 병아리들처럼
맑고 고운 웃음소리로 넘쳐 납니다
아침이슬처럼 초롱초롱한 어린 잎새가 재롱을 떱니다
뽀송뽀송 들리는 참새들의 노랫소리가 이쁘기만 합니다

동심은 천심이고 양심이며 자연과 같은 마음입니다
태초에 창조주께서 세상을 열 때도
가장 먼저 만들어 준 길이 동심의 길이라 믿습니다
누가 이 길에 차마 조각 휴지라도 버릴까요
동심은 우리들의 아름다운 고향이며
동심의 길은 우리들의 미래를 향한 희망의 길입니다

동요는 희망이며 아름다운 미래입니다

어느 날
유치원 창 너머로
흘러나오는 노래 소리를 들었습니다
나도 금방 어린 아이가 되었습니다
아! 이보다 더 맑고 싱그러운 소리가 어디 또 있을까
아이들이 재잘거리며 노는 소리도 노래 같은데
그 예쁘고 귀여운 아이들이 부르는 동요는
바로 하느님이 내려준 최고의 선물이며
세상을 밝혀주는 천상의 소리라고 생각했습니다
동심은 첫눈처럼 때 묻지 않은 순결입니다
흰 눈처럼 깨끗한 해맑은 동심의 선물인 동요는
엄마가 최초로 불러준 노래
세상에서 가장 아름다운 노래입니다
동요 한 곡이 탄생했습니다
어린 아이들의 표정이 밝아져 다가왔습니다
동요 한 곡을 불렀습니다
어린 아이들의 즐거운 함성도 함께 들렸습니다
동요 한 곡을 불렀습니다
어린 아이들의 즐거운 함성도 함께 들렸습니다
동요는 아름다운 희망이며 우리의 미래입니다

동심으로 백세시대를 노래하는
동요 할아버지

이인환(시인)

1. 백세시대의 SNS를 달구는 진솔한 노인의 노래

요즘 SNS로 통칭하는 유튜브와 블로그, 페이스북과 인스타그램, 밴드, 카카오스토리 등을 통해 '늙어 가는 길'이라는 시가 널리 유통되고 있다. 불과 몇십 년 전만 해도 인류의 꿈이었던 백세시대이기에 은퇴 후 이전 세대들이 걸어보지 못한 길을 걷는 실버세대들이 적극적으로 공감하면서 널리 공유하고 있는 것이다. 게다가 인기 낭송가 고은하 작가가 제작한 낭송 동영상이 유튜브를 통해 널리 알려지면서 낭송을 좋아하는 이들이 공유하고 있기에 벌어지는 현상이다.

처음 가는 길입니다

한 번도 가본 적 없는 길입니다

무엇 하나 처음 아닌 길은 없었지만

늙어 가는 이 길은 몸과 마음도 같지 않고

방향 감각도 매우 서툴기만 합니다

가면서도 이 길이 맞는지

어리둥절할 때가 많습니다

때론 두렵고 불안한 마음에

멍하니 창밖만 바라보곤 합니다

시리도록 외로울 때도 있고

아리도록 그리울 때도 있습니다

- '늙어 가는 길' 중에서

    그런데 문제는 많은 이들이 시인의 이름조차 제대로 알지 않은 채 퍼나르고 있으며, 심지어 내용은 토씨 하나 바꾸지 않고 제목만 살짝 바꾼 표절시도 등장했다는 것이다. 물론 가짜가 생기는 것은 그만큼 진짜가 좋다는 것을 의미하기에 웃으며 넘어갈 수도 있지만, 문제는 대중이 아직 진짜의 주인을 분명하게 인식하지 못하고 있다는 것이다. 이제 이 시집을 통해서 대중들이 진짜의 주인을 분명히 인식하고, 시를 인용하거나 낭송할 때는 시인의 주인을 분명히 표기할 수 있을 것이라 본다. 늦게라도 이렇게 진짜의 주인을 분명히 밝힐 수 있도록 '소통과 힐링의 시' 시리즈에 옥고를 맡겨주신 윤석구 시인에게 진심으로 감사드린다.

2. 세대 간 소통과 힐링의 장을 펼치는 시인

하고 싶은 것이

많았다

어릴 적에

그때 그 소년이

아직도

내 안에

놀고 있다

- '왜 시를 쓰냐고?' 전문

시인은 1940년 충남 예산에서 태어나서 우리의 근현대사를 관통하는 일제강점기와 6.25전쟁이 빚어낸 가난과 기근, 그리고 한강의 기적을 이룬 산업화 시대를 겪으며, 평사원에서 에이스침대 사장으로 은퇴하기까지 산업화 시대의 역군으로 젊음을 바쳤다. 동시대의 젊은이들이 그랬듯이 시인도 젊은 시절에는 꿈이나 이상보다는 생계가 우선이기에 생업에 종사해야 했다. '왜 시를 쓰냐고?'에는 시인뿐만 아니라 동시대를 살았던 실버세대들이 은퇴 후로 미뤄두었던 일을 하면서 제2의 인생을 펼치기 위해 평생학습 현장을 찾는 마음을 잘 대변하고 있다. 그만큼 공감하는 세대들이 많아서 SNS를 달구고 있는 것으로 보인다.

　　병원을 가도
　　식당을 가도
　　카페에 들려도
　　사람이 아닌 기계에게
　　말을 걸어야 하고
　　　　　　　　　- '노인은 두렵다' 중에서

　　노인이 되면 사라지는 줄 알았다
　　그런데 이를 어찌해야 할까
　　치매 예방 연습이라 하여

사랑이라는 글자를 쓰고 쓰고

지우고 지우고 해봤는데

가슴에 새겨진 글자는 지워지지 않는다

사랑,

노인이 되어도

지울 수 없어 아프다

       - '사랑 지울 수 없어 아프다' 전문

  시인은 시어 선택을 어렵게 하지 않는다. 현학적이지 않고 솔직담백하다. 그래서 더욱 친근감 있게 다가온다. 아울러 '가장 개인적인 것이 가장 사회적이고, 가장 사회적인 것이 가장 세계적'이라는 세계화 시대에 문학이 갖춰야 할 핵심을 잘 잡고 있다.

  그래서 시인의 시들은 백세시대를 펼쳐가는 사회를 향해 노인의 입장에서 소통의 장을 활짝 펼쳐 보이고 있다. 기계화 시대에 소외받는 노인들, 핵가족화가 되면서 많은 시간을 혼자 보내야 하는 노인들의 문제는 사회구성원인 전체가 서로 소통하고 공감하면서 풀어가야 할 문제다. 기계화 시대가 아무리 편하고 좋다 하더라도 기성세대인 노인의 편의도 함께 살펴봐야 할 문제다. 그렇지 않으면 변화를 따라잡지 못하는 세대가 불편을 느낄 수밖에 없고, 이를 방치하다 보면 사회는 갈등의 골을 채울 수 없다. 시인은 시의 사회적 기능을 통해 이런 문제를 함께 풀어나갈 수 있기를 고대하고 있다.

노인이여 갈대의 노년을 잠시라도 보시라
갈대꽃의 아름답게 보이는 꽃만 보지 말고
바람에 순응하는 자연의 섭리와 순리를 보시라

노인이 되는 것은
삶의 한 과정이며 순서이지
특권의 자리가 아니더이다

- '노인이 특권은 아니다' 중에서

노인의 불면증은
어쩌면
그간 못다한 여가를
즐기라고 준 선물일지도 모른다

- '노인의 불면증' 중에서

시대의 변화는 막을 수 없다. 어떻게든 시대의 변화를 받아들여야 한다. 그렇지 않으면 시대의 모든 변화가 불편할 수밖에 없다. 앞으로 이런 현상은 더욱 가속화 될 전망이다. 오랜 생활 습관으로 변화보다는 현실에 안주하는 것이 익숙한 노년일수록 이렇게 급변하는 시대의 변화를 달가워할 수 없다. 하지만 어쩔 것인가? 시대의 변화에 적응하지 않으면 세대갈등을 유발해서 더 큰 불행을 불러올 수 있으니. 이런 문제점을 잘 알고 있기에 시인은 노인의 관점에서 이제는 노인들도 스스로 시대에 맞게 변해야 한다는 것을 메시지를 전하고 있다.

세상이 아무리 좋게 변해도 받아들이는 사람이 좋게 받아들이지 않으면 불만과 갈등이 생길 수밖에 없다. 따라서 변화가 두려운 노인일수록 더욱 변화에 적응하기 위해 더욱 노력해야 한다. 적어도 젊은 세대와 소통하기 위한 노력이라도 보여야 한다. 시인의 시가 SNS를 달구는 이유는 이처럼 사회적인 이슈가 될 수 있는 문제를 소위 기성세대의 꼰대처럼 '~하라'는 식으로 풀어놓지 않고, 노인들도 이렇게 노력하고 있으니 서로 배려하며 소통해 나가자는 메시지를 담은 '소통과 힐링의 시'로 정서를 울려 공감을 자아내고 있기 때문일 것이다. 세대 간의 소통과 힐링의 장을 펼치는 시인의 바람이 모든 세대에게 골고루 스며들기를 바라는 마음 간절하다.

3. 촌철살인의 메시지로 소통하는 시인

터트리고 싶다
이제는

나도
너처럼
남김없이

- '벚꽃을 보며' 전문

시인의 시를 접하다 보면 독자를 배려해서 메시지를
전달하는 방식이 상당히 계획적이라는 것을 알 수 있다.
동시대를 살고 있는 노인의 심정을 드러내는 시들은 구
체적이고 서술적인 시어를 선택해서 낭송체로 호흡을 길
게 함으로써 친밀감을 느낄 수 있도록 사실성과 접근성
을 쉽게 하고 있다. SNS에서 시인의 시를 접한 많은 이들
이 낭송시로 선택하는 이유가 여기에 있는 것으로 보인
다.

이에 반해 세상을 먼저 살아본 시대의 어른으로서 젊
은 세대에게 삶의 지혜를 주는 메시지를 전하는 시들은
아주 간결하게 이뤄져 있다. 어른들의 말이 길어지면 잔

소리로 듣는 요즘의 젊은 세대를 고려한 선택으로 보인
다.

　　　　피자 한 쪽은

　　　　먹을 줄도 알아야

　　　　아이들과

　　　　어울릴 줄

　　　　아는 것처럼

　　　　아이들이

　　　　좋아하는 것을

　　　　이뻐할 줄 알아야

　　　　사랑이라는 것을

　　　　알게 되더라

　　　　　　　　　　- '살아보니9' 전문

　부침개에 익숙한 노인들에게 피자는 적응하기 어려운
음식이다. 실제로 피자를 찾는 아이들의 입맛을 따라잡
지 못해 외식을 할 때 소외받는 노인들이 부지기수다. 그
런 점에서 이 시는 시인이 시를 대하고 소재를 선택하는
기준을 잘 보여준다. 세상을 살면서 상대를 바꾸는 것

은 정말 어려운 일이다. 자칫 갈등과 대립을 불러 일으켜 관계의 단절을 불러올 수도 있다. 이에 비해 상대에 맞춰 나를 바꾸는 것은 마음만 먹으면 정말 쉬운 일이다. 그런데 많은 사람들이 그 쉬운 일을 쉽게 하지 못하고 있다. 자신이 옳다는 생각으로 자신에게 세상을 맞추려는 어리석음에 빠져있기 때문이다. 서양식 음식인 '피자'가 입맛에 맞지 않는다고 손에 대지도 않는 사람들을 볼 때마다 시인의 시가 떠오르는 것은 어쩔 수 없다. 입맛은 혀끝에 있는 것이 아니라 상대와 소통하려는 마음에 있다는 메시지를 짧은 시로 잘 전달하고 있다.

아름다운

꽃도

홀로

피어 있으면

외롭더라

　- '살아보니' 전문

장미꽃

앞에서 핀

호박꽃이 화가 났다

아낌없이 주는

내 마음은

왜 몰라주냐며

- '그럴 줄 알았다' 전문

　세상을 살면서 관계를 좋게 하려면 먼저 소통을 잘 해야 한다. 소통에서 가장 중요한 것은 상대에게 들리는 말을 어떻게 하느냐는 것이다. 지금 우리 사회의 가장 큰 문제인 세대 간의 갈등의 원인은 서로가 상대에게 들리는 말을 하기보다 자기가 하고 싶은 말을 쏟아놓고 보는 이들이 많기 때문이다. 이제라도 우리는 상대에게 들리는 말을 할 줄 알아야 한다. 그러려면 말하는 이가 먼저 자신의 위치를 파악해서 듣는 이가 공감할 수 있도록 자신의 이야기를 솔직하게 들려줄 수 있어야 한다. 시인은 시를 통해 그 기법을 효과적으로 활용하고 있다. SNS를 달군 노인의 심정을 대변하는 시를 제외하고는 대부분의 시가 아주 간결하고 짧다. 오랜 연륜을 통해 소통에는 긴 말보다 심금을 울리는 촌철살인의 짧은 말이 더 효과적이라는 것을 잘 알고 있기 때문이리라.

4. 순수한 동심으로 골목문화를 이어가는 시인

지금이야 고은하 낭송작가의 유튜브로 '늙어 가는 길'을 포함한 다수의 낭송시가 널리 알려서서 SNS를 통해서 얼마든지 시인의 시를 만날 수 있지만, 이전까지는 이천시 중리동 성당골목길에 오대양횟집을 중심으로 조성된 '시가 흐르는 골목길'을 가야 시인의 시를 만날 수 있었다.

그거
어딨어요?
거기

거기를
알면
뭣하러
물어 봐요

우리는
하룻밤 자고 나면
또 물어본다

- '거기' 전문

시인은 시를 통해 가까운 이웃들과 소통하기 위해 뜻이 통하는 이들과 함께 '시가 흐르는 골목길'을 조성하기로 하고 먼저 누구나 쉽게 접할 수 있는 시화를 전시하기 시작했다.

노을처럼 빛난다
지나가던
할머니
더듬 더듬
시를 읽어가는
뒷모습이

주차장 같았던
골목길
예쁜 화분이 반기며
꽃처럼 환한
시어들이 날마다
새록새록

　　　　　　　 - '시가 흐르는 골목길' 전문

예전에 인정이 넘치는 골목문화를 살려보자는 취지로

시작한 일이다. 그 결과 무표정한 얼굴로 골목길을 지나가기에 바쁜 이웃들이 발길을 멈추고 잠시나마 삶의 위안을 얻으며 미소를 짓고 가는 모습들을 볼 수 있었다. 시인은 이웃들의 이런 모습을 보면서 한 편의 시가 골목길을 밝히는 정말 소중한 소통의 도구가 될 수 있다는 것을 확인했다. 이후부터 골목길을 밝히며 이웃들과 소통하기 좋은 시편들을 양산하기 시작한다.

시인은 글로벌시대에 문학작품이 지역의 경제를 살리는 관광상품으로 얼마나 큰 영향을 끼치는지 잘 알고 있다. 이효석의 '메밀꽃 필 무렵'이란 작품이 봉평을, 조영남의 '화개장터'라는 노래가 화개장터를, 진성의 '안동역에서'라는 노래가 안동을 수많은 관광객이 찾는 관광도시로 만들었듯이 가장 이천적인 작품이라면 시인이 살고 있는 이천도 얼마든지 많은 이들이 찾는 관광도시로 만들 수 있다는 신념을 갖고 있다. 그래서 가장 이천적인 작품을 쓰기 위해 노력하고 있다.

아름답고 살기 좋은
이천이 좋아요 좋아요
풍요롭고 행복한 곳 이천이 좋아요
이천이 좋아요

설봉산 숲속 다람쥐 신나게 뛰어놀고

산새들 모두 나와

상쾌한 아침을 노래한다

봄이면 산수유 여름엔 복숭아

가을엔 임금님표 이천쌀

눈꽃도 아름답게 피어나는 곳

도자기 마을 온천의 고장

축제의 도시 이천

희망의 날개 펴고

훨훨 날으자

이천으로 놀러오세요

- 동요 '이천이 좋아요' 전문

시인은 은퇴 전까지는 산업화 시대의 역군으로 '한강의 기적'을 이루는 일에 일익을 담당했다. 은퇴를 앞두고 뒤늦게 시를 쓰기 시작했지만, 당시 문단 분위기에 빠져들지 못했다. 그래서 얼른 동심이 희망이라는 신념으로 동요작가로 방향을 틀어서 지금까지 동요보급 운동에 앞장서고 있다. 이천에 〈동요박물관〉 건립을 이끌어냈고, 가장 이천적인 동요로 가장 세계적인 동요도시를 만들기 위해 심혈을 기울이고 있다. 한국동요사랑협회를 이끌면서 한국 동요의 아름다움을 세계적으로 알리고 있다. '이 천이 좋아요'는 아이들 음악 교과서에 실린 작품 중에 하나로 널리 알려져 있다. 가장 이천적인 문화가 가장 세계적인 문화라는 믿음을 갖고 골목길에서 이웃들과 시로 소통하는 시인의 모습을 그대로 보여주고 있다.

> 동심은 첫눈처럼 때 묻지 않은 순결입니다
> 흰 눈처럼 깨끗한 해맑은 동심의 선물인 동요는
> 엄마가 최초로 불러준 노래
> 세상에서 가장 아름다운 노래입니다
> 동요 한 곡이 탄생했습니다
> 어린 아이들의 표정이 밝아져 다가왔습니다
> 동요 한 곡을 불렀습니다
> 어린 아이들의 즐거운 함성도 함께 들렸습니다
> 동요 한 곡을 불렀습니다
> 어린 아이들의 즐거운 함성도 함께 들렸습니다
> 동요는 아름다운 희망이며 우리의 미래입니다
> - '동요는 희망이며 아름다운 미래입니다' 중에서

시인이 동요를 대하는 마음은 그야말로 순수무구하다. 그러다 보니 시인의 시에는 동심이 담긴 솔직한 표현이 돋보이는 작품들이 많다.

가을엔 떠나고 싶어요
누구라도 만나 떠나고 싶어요
단풍잎 곱게 물드는 모습
함께 바라 볼 수 있는
그런 사람과 같이 떠나고 싶어요
                    - '나이가 들어가도' 중에서

한창이라 하길래
서둘러 갔더니
꽃은
건성 보이고
스치는 여인의
옷차림만
화사하게 눈에 띄더라
                    - '꽃구경' 전문

  사람은 나이를 먹을수록 체면을 차리느라 속내를 감
추거나 미사여구로 포장하는 경우가 많다. 그러다 보니
오히려 감추고 싶은 치부가 드러나는 경우가 많다. 시

는 아무리 꾸며 쓴다 해도 결국 시인의 삶을 그대로 드러내기 때문이다. 그런 점에서 이 얼마나 솔직한 표현인가? 시인의 삶을 아는 이들은 시인의 이러한 시들을 통해서 시인의 솔직담백한 매력에 빠져들기 시작한다. 이전에 어느 세대도 경험하지 못한 백세시대를 동심으로 개척해 나가는 시인의 작품들을 만난 것은 우리 시대에 정말 큰 행운이다.

5. 현재진행형인 동심의 길 조성에 성공을 빌며

시인의 도전은 끝이 없다. 동요를 더 효율적으로 알리기 위해 캘리그라피를 배우면서 캘리의 매력에 빠져들었고, 2019년에 『첫눈에 반하다』라는 캘리 시집을 발간했다. 그리고 지금은 캘리 시화를 활용해서 이천의 명소인 안흥지 일대와 동요박물관을 잇는 '동심의 길'을 조성해서 많은 이들의 사랑을 받고 있다.

밤에는 슬그머니 별들이 내려와 놀고
낮에는 지나는 바람도 구름도 쉬었다 가는
아름다운 길은 봄볕의 병아리들처럼

맑고 고운 웃음소리로 넘쳐 납니다

아침이슬처럼 초롱초롱한 어린 잎새가 재롱을
떱니다

뽀송뽀송 들리는 참새들의 노랫소리가 이쁘기
만 합니다

- '동심의 길' 중에서

　시인과 캘리그라피 작가들이 정성을 들이고 있는 '동심
의 길' 조성이 성공해서 많은 이들이 찾는 사랑의 거리가
되기를 기원한다. 산업역군으로 성공한 인생 전반전을 마
치고, 얼마든지 편하게 살 수 있음에도 불구하고 끊임없
는 열정으로 새로운 시도를 하는 시인의 인생 후반전에
아낌없는 응원의 박수를 보낸다.

　시인은 몇 번이고 시집 발간을 조심스러워했다. 유튜
브의 낭송시로 시작한 '늙어 가는 길'이 조금씩 알려지면
서 대중들이 무명시인의 작품인 것을 알고 출처도 밝히
지 않고 마구 퍼나르거나, 심지어 제목만 바꾼 표절시가
나도는 것을 방치할 수가 없어 여러 번 청탁을 드렸지만,
시인은 주변 사람들로부터 괜히 늦은 나이에 유난을 떤
다는 소리를 들을까 봐 몹시 저어한 것이다. 대중의 이름
을 얻는 것보다 가까운 이웃들과 행복한 소통을 하고 싶

다는 시인의 의지가 크게 작용한 것이다.

　　백 사람에게 한 번 읽히는 시보다
　　한 사람이
　　백 번을 읽어줄 시 한 편
　　쓰고 싶다는 어느 노시인의 고백은
　　어느 낭송시보다 더 그윽한 향기였다

　　세월에 삭은 곤한 몸짓에
　　글자도 흔들렸고
　　음성도 뒤뚱거렸지만
　　천둥 같은 큰 울림
　　해일 같은 바다를 펼쳐 놓았다
　　　　　　　　　　- '어느 노시인의 고백' 전문

　이와 같이 시인이 시를 대하는 마음을 접하면서, 시집 발표를 저어하는 그 마음을 얼마든지 이해할 수 있어서 그동안 미뤄올 수밖에 없었다. 하지만 '동심의 길'도 조성하면서 이왕이면 골목길에만 머무는 것보다는 더 많은 독자들과 소통을 시도하는 것도 의미가 있겠다 싶어서 재차 청탁한 끝에 늦게나마 '소통과 힐링의 시'로 독자들한테 시인의 옥고들을 소개할 수 있어서 정말 기쁘다.

아무리 깊은 산 속에 파묻혀 빛나는 보석이라도 때가 되면 세상에 빛을 발하기 마련이다. 마찬가지로 골목길에서 이웃들과 소통하며 따뜻한 정을 나누는 시인의 진심이 담긴 시들도 언젠가는 반드시 세상에 빛을 발할 것이라 믿는다. 동심으로 노인의 삶을 노래하는 동요 할아버지의 진심이 많은 이들의 사랑을 받아 백세시대의 새로운 문제로 대두되기 시작한 세대 간의 갈등을 깨끗이 치유하는 날이 오기를 기대해 본다.

아름다운 빈 의자이고 싶습니다

누구라도 편하게 앉아

명상도 하고 잠시 삶을 내려놓고

쉬어갈 수 있는

편안한 빈 의자이고 싶습니다

　　　　　　　　　　　- '빈 의자' 중에서

■□ 후기

꽃도 피면
지더라

삶도
그렇더라

살아보니 길은 땅 위에도 있고
하늘에도 있고 마음에도 있더라

가을 고운 단풍이 가는 길은
바람이 정해 주는 것만 같았다
의술이 발달한 백세시대는 한 생명의 마지막 길을
의사가 정해 줄 날도 멀지 않았나 싶다
하지만 육신의 길은 그럴지라도
영혼의 길은
오로지 자신이 선택하며
펼쳐가는 마음의 길이라 생각한다
늙어 가는 길은 육신의 길이며 마음의 길이다
모쪼록 이 시집이 이정표가 되어
누군가의 위안이 되었으면 하는 바람을 담아본다